Ay, Bárbara... ¡Ponte las pilas!

Una historia de batallas de pantalones, odio a los rudos y patadas sorpresa.

Lacey Hill-Joga
& Deedra Abboud

IBSN: 978-1-956565-53-9

Lacey es una veterana retirada del Ejército de EE. UU. que cambió las botas de combate por pinceles y una vida maravillosamente caótica, entre horarios de clases en casa, interminables citas médicas y fiestas de baile improvisadas en la cocina, cortesía de Barbara, su traviesa pierna izquierda.

Diagnosticada con la enfermedad de Lyme en 2009 y esclerosis múltiple poco después, Lacey ahora canaliza su creatividad y resiliencia en el arte, la narración de cuentos y la educación en casa de sus dos hijas curiosas y vivaces junto a su esposo George, un marino con raíces en el Ejército.

Las Crónicas de Barbara es la serie de libros infantiles de Lacey que narra su divertida y conmovedora travesía a través de la esclerosis múltiple, con una pierna rebelde y algunos compañeros de piso poco cooperativos.

Sigue la historia de Lacey: una historia, una sonrisa, un paso a la vez.

NopeDaysLife@gmail.com

En la tierra mágica de Lanie-Lou—donde la Montaña de la Ropa se alza junto a las Grandes Llanuras del Sofá y hasta el refrigerador opina—vivía una compañera muy peculiar llamada Bárbara.

No era un gato.
No era un gnomo.
Ni siquiera una niña traviesa.

Bárbara era la pierna izquierda de Lanie.
Una pierna muy dramática.

Una pierna con esclerosis múltiple... y muchísimos sentimientos.

A Bárbara no le gustaban las mañanas.
Ni los pantalones. Ni el orden.

Por eso, un martes por la mañana,
cuando Lanie intentó ponerse los
pantalones, Bárbara se negó a cooperar.

«Pierna izquierda dentro», dijo Lanie,
manteniendo el equilibrio con cuidado
mientras sostenía sus vaqueros.

Lainie levantó a Barbara, lenta y suavemente, hacia la pierna de sus pantalones.

Barbara inmediatamente se retorció, se agitó y luego se puso rígida como un mapache gruñón atrapado en un suéter.

—Ay, Barbara —dijo Lanie—. Vamos. Ponte las pilas.

Barbara inmediatamente se retorció, se agitó y luego se quedó rígida como un mapache gruñón atrapado en un suéter.

«Ay, Barbara», dijo Lanie. «Vamos. Contrólate».
Barbara no se calmó.
Empeoró.

Después de dos intentos más, un desastre saltando y una breve conversación con la gravedad, Lanie se dejó caer sobre la cama.

Sostuvo los vaqueros abiertos con ambas manos y habló con su voz más tranquila y seria de madre.

Sostuvo los jeans abiertos con y habló con su voz de mamá más calmada y seria.

"Vamos a meternos en estos pantalones", le dijo Lainie a su pierna.

Bárbara dio un tic.

—No empieces conmigo —susurró Lanie—. ¿Quieres que cancele el viaje en scooter? No estoy por encima de las amenazas.

Bárbara tembló un poquito.

Y finalmente, finalmente, Lanie logró guiar a Barbara dentro de la pierna del pantalón como si fuera un fideo en el ojo de una cerradura.

«¡Victoria!», exclamó.

Barbara se desplomó inmediatamente como una adolescente aburrida.

Más tarde esa semana,
Lanie se enfrentó a un nuevo reto:
atravesar la jungla del salón.

Bina y Gigi, de siete y nueve años,
estaban tumbadas en el suelo viendo
dibujos animados con la intensidad
de filósofos.

Tenían la cabeza apoyada en
almohadas. Sus pies estaban por todas
partes. Sus cuerpos estaban
perfectamente en medio.

Lanie se acercó con cautela.

«Voy a pasar por encima de vosotras», advirtió. «Que nadie se mueva. Especialmente Barbara».

Pisó con cuidado con la pierna derecha, levantándola por encima de Gigi.

Y justo cuando iba a seguir con la izquierda...

¡ZAS!

Barbara se lanzó hacia un lado como una cabra somnolienta.

«¡Ay!», gritó Gigi, agarrándose el hombro.

—¡Dios mío! ¿Estás bien? —jadeó Lanie—.

¡Ha sido Bárbara, no yo! ¡Lo juro!

Gigi la miró parpadeando.

«Dile ¡Ponte las pilas!».

Unos días más tarde volvió a ocurrir, esta vez con Bina como víctima.

Barbara no dio un paso. Dio una patada. Bina miró a Lanie con ira.

«¿Cuál es la Barbara?».

«La izquierda», dijo Lanie, tratando de no entrar en pánico.

Sin decir palabra, Bina se acercó, echó el brazo hacia atrás y le dio un puñetazo a la pierna izquierda de Lanie con toda la fuerza de sus siete años.

—¡Toma eso, BÁRBARA!

—¡Bina! —jadeó Lanie.

Bina se cruzó de brazos.

—Era defensa propia.

Y entonces ocurrió el incidente
del tacón alto.

Lanie se estaba preparando para una
agradable cena.

Las niñas estaban jugando a disfrazarse.

Ramón estaba a cargo de cuidar a los
niños.

Lainie estaba decidida a verse linda.
Llevaba meses sin ponerse tacones.
Pero esa noche le apetecía
volver a intentarlo.
Se calzó el tacón derecho.
Sin problemas.

Alzó la pierna izquierda —Barbara— y se
quedó suspendida sobre el segundo
zapato.

Bárbara dio un tic.

Lanie entornó los ojos.

Bajó el tacón.

Barbara se derrumbó como espaguetis recocidos.

Lanie apenas logró sujetarse en la cómoda.

«De acuerdo», dijo con calma, dejando los zapatos a un lado. «Mensaje recibido».

Cinco minutos más tarde, Lanie salió del garaje en su scooter roja, con unos elegantes zapatos planos en los pies y brillos en el pelo.

Barbara, por su parte, se comportó muy bien toda la noche.

Mientras el sol se ponía tras otra semana caótica y maravillosa en Lanie-Lou, Lanie se sentó en el porche con una bebida fría, viendo a Bina y Gigi perseguir luciérnagas por el jardín.

Barbara descansaba tranquilamente, cansada pero en calma.

«No es tan mala», dijo Lanie sin dirigirse a nadie en particular.

«Solo tiene... ideas».

Barbara sigue dando patadas.
Se agita.
Lucha contra los pantalones,
odia los tacones altos y a veces,
sin previo aviso, patea a un niño.

Porque incluso cuando la vida no
coopera, todavía puedes ponerte los
pantalones.

Eventualmente.

**Si te ha gustado este libro,
te agradeceríamos enormemente que compartieras tu opinión
dejando una reseña en Amazon.**

Sigue el viaje de Lacey:
una historia, una sonrisa, un paso a la vez.

Disponible en Amazon.

Más títulos de la serie tas *Crónicas de Bárbara*:

¡Cálmate, Bárbara!
Barbara y la Aventura del Tren de la Compra
(Próximamente) *Bárbara y el Reino del Sofá*
(Próximamente) *Barbara y la lucha en la escalera*
(Próximamente) *Bárbara y el incidente del globo de cumpleaños*

www.ingramcontent.com/pod-product-compliance
Lightning Source LLC
Chambersburg PA
CBHW041002170626
46815CB00002B/128